Para mis tres pequeñas locomotoras, Carlin, Rory y Andie:
recuerden siempre el camino recorrido.
—B. M.

Para toda la gente que lucha por un bien mayor y equitativo,
y dice "Sé que sí podemos...".
—L. F. + S. J.

GROSSET & DUNLAP
Un sello editorial de Penguin Random House LLC, Nueva York

Publicado por primera vez en los Estados Unidos de América por Grosset & Dunlap, un sello editorial
de Penguin Random House LLC, Nueva York, 2021

Edición en español publicada por Grosset & Dunlap, un sello editorial de Penguin Random House LLC, Nueva York, 2023

Traducción al español de Isabel C. Mendoza

Visítanos en línea: penguinrandomhouse.com.

Los datos de Catalogación en Publicación de la Biblioteca del Congreso están disponibles.

Manufacturado en China

ISBN 9780593523810   10 9 8 7 6 5 4 3 2 1 HH

The Little Engine That Could®

LAS TRES PEQUEÑAS LOCOMOTORAS

Bob McKinnon

ilustrado por Lou Fancher y Steve Johnson

traducido por Isabel C. Mendoza

Grosset & Dunlap

¡Por fin llegó el día de la graduación!
Las tres pequeñas locomotoras estaban
emocionadas porque iban a hacer su última prueba
de la Escuela de Locomotoras: su primer viaje
en solitario por la montaña.

Al otro lado de la montaña, el maestro, el Viejo Tren Oxidado,
las esperaba para darles la bienvenida, junto a sus amigos y familiares.

Cada locomotora tomó su lugar en una vía diferente,
acomodándose para esperar su turno.

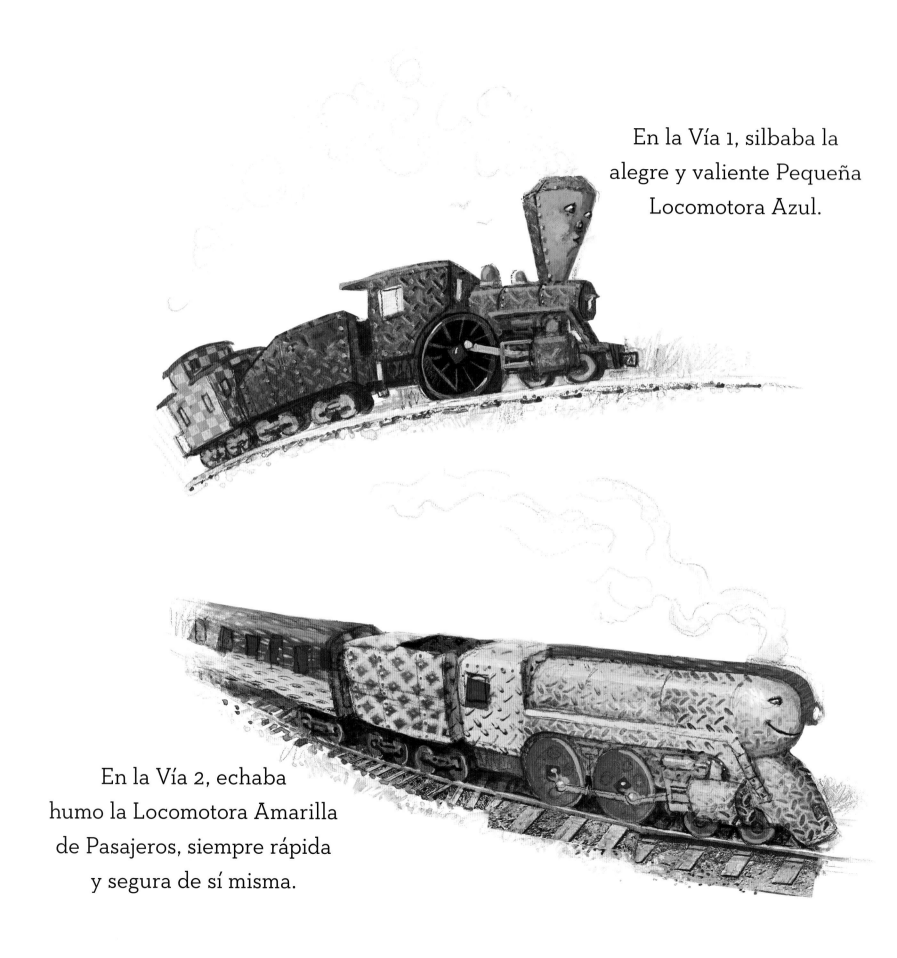

En la Vía 1, silbaba la alegre y valiente Pequeña Locomotora Azul.

En la Vía 2, echaba humo la Locomotora Amarilla de Pasajeros, siempre rápida y segura de sí misma.

Y, por último, en la Vía 3, resoplaba la fuerte
y enérgica Locomotora Roja de Carga.

La jefa de la estación le anunció a la Pequeña Locomotora Azul:
—Tú vas primero. ¿Estás lista?

—¡Sí, señora! —respondió la locomotora y partió.

Hacía un sol radiante, y, luego de algunas curvas, la Pequeña
Locomotora Azul siguió hacia un bosque de altos pinos verdes.
Cuando llegó a la parte más empinada de la montaña, se preguntó si
iba a ser capaz de llegar a la cima.

La Pequeña Locomotora Azul siguió subiendo, subiendo y subiendo mientras resoplaba: "Creo que sí puedo, creo que sí puedo, creo que sí puedo".

Y, cuando menos pensó, ¡ya había llegado! Entonces,
bajó feliz y echando humo por la montaña, hasta llegar
al pueblo sin complicaciones.

El Viejo Tren Oxidado la recibió en la falda de la colina.
—¡Felicitaciones! —le dijo—. Lo lograste.

Todos en el pueblo vitorearon, y las luces de la locomotora
brillaron como nunca antes. Se sentía muy orgullosa de que
su gran esfuerzo hubiera dado resultado.

En la terminal de trenes, la jefa de la estación le preguntó
a la Locomotora Amarilla de Pasajeros:
—¿Estás lista?
—¡Sí, señora! —bramó la locomotora y partió.

El trayecto de la Vía 2 tenía más curvas y recodos.
La locomotora serpenteó con agilidad alrededor
de enormes peñas, y atravesó, retumbando,
terrenos llenos de baches.

Como era una locomotora de pasajeros, iba jalando muchos vagones. Subió por varias pendientes suaves, resoplando: "Creo que sí puedo, creo que sí puedo, creo que sí puedo". Pero, al llegar al tramo más empinado, cerca de la cima de la montaña, comenzó a sentirse muy cansada.

El cielo se llenó de nubes negras que taparon el sol. De repente, vientos muy fuertes y una lluvia torrencial comenzaron a impedir el avance de la Locomotora de Pasajeros.

La locomotora continuó, con mucho esfuerzo, mientras chillaba:
"Creo, creo, creo, que sí puedo, sí puedo, puedo—no puedo".
Y no pudo avanzar ni un centímetro más.

Agotada, se detuvo en la vía.
Lentamente escupía humo de la chimenea.

Llegó el turno de la Locomotora Roja de Carga, que había estado esperando con ansiedad realizar la prueba, como lo habían hecho sus amigas.
—¿Estás lista? —le preguntó la jefa de la estación.

—¡Sí, señora! —resopló la locomotora y partió.

El recorrido por la Vía 3 hacia la cima de la montaña era mucho más empinado que los otros. La locomotora subió y bajó por muchas pendientes, resoplando estruendosamente por todo el camino: "Creo que sí puedo, creo que sí puedo, creo que sí puedo".

Como era una locomotora de carga, iba jalando vagones
llenos de maquinaria grande y pesada. Cuando llegó al
tramo más empinado, continuó subiendo entre jadeos.
Pero, al levantar la vista, vio a la distancia que había algo
atravesado en su camino.

Cuando se acercó, se dio cuenta
de que un enorme árbol se había
caído sobre la vía.

Como el paso estaba bloqueado, la Locomotora
Roja de Carga se detuvo por completo. El pueblo se veía muy cerca,
pero no había manera de pasar por encima del árbol caído.
La locomotora dejó salir un suave suspiro:
"No voy a poder graduarme hoy".

En el pueblo, la Pequeña Locomotora Azul esperaba a sus amigas.

No entendía por qué se estaban demorando tanto.

—¿Qué sucede? ¿Por qué se detuvieron? ¿Se rindieron? —preguntó en voz alta.

El Viejo Tren Oxidado se le acercó y le dijo:

—No se han rendido. Quizás han avanzado todo lo que podían avanzar por ahora.

La Pequeña Locomotora Azul estaba confundida.

—Pero, si yo logré llegar hasta aquí, ¿por qué ellas no pueden?

—Cierra los ojos y recuerda tu recorrido. ¿Cuántos recodos y curvas había en tu vía? —le preguntó el Viejo Tren Oxidado sonriendo.

—Unos cuantos.

—¿Tuviste que enfrentar viento y lluvia?

—No —dijo la locomotora—. Hacía sol, y creo
haber sentido un poco de viento en mi lomo.

—¿Cuántos tramos empinados tuviste
que subir?

La locomotora hizo memoria:
—Solo uno.

—¿Qué tan pesada era tu carga?

—Bueno, a mí no me pusieron a jalar ningún vagón —dijo la locomotora en voz baja, un poco avergonzada.

—¿Encontraste algún objeto bloqueando tu vía?

—No, estaba despejada.

—Pero, de todos modos, me tuve que esforzar mucho para subir la montaña. Me repetí: "Creo que sí puedo, creo que sí puedo", y pude.

—Claro que pudiste —el Viejo Tren
Oxidado estuvo de acuerdo.

La Pequeña Locomotora Azul se quedó
callada por un momento, pensando en
lo diferente que había sido su recorrido
comparado con el de sus amigas.

Entonces, una lucecita se encendió en su corazón.

—Mis amigas también se esforzaron mucho, pero se quedaron atascadas. Creer que uno puede no garantiza que uno siempre podrá hacerlo todo, ¿o sí?

—No, no lo garantiza —respondió el Viejo Tren Oxidado.

—Algunas locomotoras logran llegar a su destino, pero a otras las vencen los obstáculos, sin importar cuánto se esfuercen —continuó la Pequeña Locomotora Azul—. Me pregunto si hay algo que podríamos hacer para ayudarlas.

Las dos locomotoras se sonrieron mientras resoplaban:
—Creo que sí podemos, creo que sí podemos, creo que sí podemos.

Y pudieron.

Sobre las colinas...

En medio de la lluvia...

Y más allá de los árboles...

Hasta que, por fin, las tres locomotoras bajaron
de la montaña, haciendo un gran estruendo.

FIN